Barbro Lindgren · Olof Landström

Oink, oink, Benito

Dirección editorial: Antonio Moreno Paniagua
Gerencia editorial: Wilebaldo Nava Reyes
Coordinación de la colección: Karen Coeman
Cuidado de la edición: Pilar Armida y Obsidiana Granados
Coordinación de diseño: Humberto Ayala Santiago
Supervisión de arte: Alejandro Torres
Formación: Gil G. Reyes
Traducción: Pilar Armida

Oink, oink, Benito

Título original en sueco: *Nöff nöff Benny*

© 2007, texto, Barbro Lindgren
© 2007, ilustraciones, Olof Landström

Edición original: Rabén & Sjörgen, Suecia, 2007.
Editado por acuerdo con Nordstedts Agency, SE-103 12 Estocolmo, Suecia.

Primera edición: marzo de 2008
D.R. © 2008, Ediciones Castillo, S.A. de C.V.
Av. Insurgentes Sur 1886, Col. Florida,
C.P. 01030, México, D.F.

Ediciones Castillo forma parte
del Grupo Macmillan

www.grupomacmillan.com
www.edicionescastillo.com
info@edicionescastillo.com
Lada sin costo: 01 800 536-1777

Miembro de la Cámara Nacional
de la Industria Editorial Mexicana.
Registro núm. 3304

ISBN: 978-970-20-1302-0

Impreso en Tailandia /*Printed in Thailand*

Barbro Lindgren · Olof Landström

Oink, oink, Benito

Castillo de la lectura

Benito quiere salir. Ya se aburrió de estar en casa.

Su hermanito también quiere salir.
Él también ya se aburrió de estar encerrado.
Los dos tienen ganas de divertirse.

—¡No se acerquen al charco de lodo! —dice
su mamá.
—Oink, oink —dice Benito.

Primero retozan un rato.

Luego van directo al charco de lodo.

Todos sus amigos están ahí.
Algunos son maldosos.
Otros son muy simpáticos.
Clara es la más simpática de todos.

Benito adora a Clara. Su hermanito también.

—¿Quieren correr alrededor del charco de lodo? —pregunta Clara.

—Oink —dice Benito.

—Oink, oink —dice su hermanito.

Clara, Benito y su hermanito se echan a correr.

Correr alrededor del charco es muy divertido.
Corren más y más rápido.

Pero el tonto de Rafa tiene ganas de molestar.

¡SPLASH! Rafa empuja al hermanito de Benito
en el charco de lodo.

¡El hermanito de Benito se ahoga!
Clara salta al charco y lo rescata.

El hermanito de Benito se sienta sobre las rodillas de Clara.
Está muy contento. Pero Benito está triste.
Él también quiere sentarse en las rodillas de Clara.

De pronto, Benito también se cae en el charco.

¡Clara también lo rescata! Benito se sienta
sobre las rodillas de Clara y pone el hocico
muy cerca de su mejilla.

Después de un rato, Benito se cansa de estar sentado
en las rodillas de Clara. Su hermanito también. Ahora
quieren irse a jugar a casa.

Benito y su hermanito están muy sucios. Su mamá va a darse cuenta de que estuvieron jugando en el lodo. Y ahora, ¿qué van a hacer?

—Podemos escondernos en el bosque —dice Benito.

—Oink, oink —dice su hermanito.

Benito y su hermanito se esconden bajo las ramas de un alto pino.

Está muy oscuro. Tienen que encontrar otro lugar donde
esconderse. Pero ya no hay luz en el bosque.

—Cuando cuente hasta tres,
nos vamos a casa —dice Benito.
—Oink, oink —dice su hermanito.
Ambos salen corriendo.

De repente, empieza a llover. ¡Ahora están más mojados que antes!

—¡Pobres niños! Miren qué mojados están —dice su mamá—.
Entren para que pueda secarlos.

Ahora Benito quiere estar en casa.
Está cansado de retozar fuera.
Su hermanito también.
No volverán a salir nunca más.

(¡Hasta el día siguiente!).